哀悼

福島泰樹　歌集

皓星社

哀悼＊目次

カバー写真　福島泰樹
装幀　山崎　登

哀悼

I

オレンジ色の夢

若き晩年を迎えた中原中也は、その生の根源的悲しみを「オレンジ色の夢」と名付けた。

オレンジ色の夢であるなら花ならばあかく潰えて流れゆきにき

1

フリージャーナリスト後藤健二

ゆえなきを楚囚となりて砂あらしオレンジ色の悲しみならん

暁の官邸疾走しゆく官　芝居であらば厳かにせよ

ニッポンが侵してしまったもの背負いオレンジ色の囚衣忘れず

俺もまた風に吹かれて哭いてやる草木国土されど砂漠は

「オレンジ色の夢」を語りて鎌倉の　昭和十三年夏盧溝橋前夜

2

「追憶の風景」(「東京/中日新聞」)なる連載はじまる

歳月は吹雪きて消える泡沫(うたかた)の　皺寄るごとく会わんか友よ

西井一夫

少しずつ出血をしてやがてはや息たえてゆく歳月もまた

人体とは、時間というこの膨大なフィルム内蔵装置にてある

中井英夫

月を射るひかりの矢立　龍泉寺「アラビク」いでし男らの歌

市谷陸軍参謀本部　昏睡のまま終戦を迎えしという

吉原幸子

掌の中の風よ、小鳥よ、あゝそして握り損ねた夢の数々

吉本隆明

「よせやい」と叱られて聞く中也論　白い木槿が咲く午後だった

冨士田元彦

歳月は霧にまみれて遠山の金さんあわれ花吹雪せよ

松田　修

「暗黒の司祭」と君を呼びたるは寺山修司、共に果てにき

級友七原秀夫

素裸で剛毅に酒を飲みしことしどろもどろに過ぎし歳月

宮　柊二

舶来の酒はあふれてうつそみの骨身に溶けて闌けてゆく秋

鷹野ゆき子

草木の命を宿す悲しみの母より賜いし乳房は切らず

河野裕子

悲しみは枝から落ちる夏蟬か　病葉なのか分からなくなる

坂口三千代

鳥けもの抉りとられた人間の臓器、桜の森に吹雪く悲しみ

穴沢利夫中尉

濛々と湧く雲の果て純白のマフラー　母より賜いし肉は

巡洋艦「高尾」機関兵曹松井英夫

叔父唄う「上海ブルース」路地に咲くアプレゲールの哀しき花よ

村上一郎

浪漫者の崖（きりぎし）なれど花なれど三月念九　桜吹雪かず

右頸動脈自刃の報も愛鷹（あしたか）の　墓守なれば酒手向くのみ

盃に桜吹雪かせおりしかな上村一夫「花刺客」はや

諏訪　優

大給坂逢初坂（おぎゅうざかあいぞめざか）やのぼりゆく血を滲ませたようなたそがれ

やわらかく切なく女体を讃えしが食道を病み果ててゆきにき

苦く胃に沁みるアルコールさえいまは不要となりて笑まう写真は

石和　鷹に

「鉄腕ボトル」と名告る男の磊落の　咽に穴開け飲むことやめず

石和鷹立松和平と三人で飲みし阿佐谷　俺のみ残る

みな死んでいってしもうた安永蕗子も哀愁無頼派石田比呂志も

武田百合子

快晴の午後であったよ濃き影よ　黒い柩車の遠ざかりゆく

女豹のような眸と思うキム・ノヴァク「媚薬」のような肢体と思う

神田神保町「らんぼう」ステッキ蓬髪の黒いマントに風吹いていよ

辺見じゅん

国がとらない責任なれど南溟の　若き兵士の遺骨にやある

母のようにあるいは姉や妻のように時空をたぐり抱き寄せんとす

塚本邦雄

存在と非在の深い悲しみを吹き溢(こぼ)れ燃ゆ珈琲に擬す

歌業とは眸に灼きつく映像をはがねに鍛え立て直すこと

ナベサン、渡辺英綱

酒場とは寄せ来る噂　漣の寄る辺なき身のはた吹溜まり

咲き残った桜が雨に煙ってた病室の窓　君と見ていた

藤原隆義

七〇年代の死者なれば君白メット　頭を垂れて立ち尽くしいよ

はたはたとはためくなかれ棹に干すレインコートは弔旗にあらず

石井鞆子

陽は残酷なほどにあかるく君のむねに美しすぎる影をつくれり

3

長門峡にながれる水の滴りの　蜜柑の夕陽のような悲しみ

追憶

あまやかな回想のなかに君はまた微笑んでいよ佇んでいよ

第一回黒田和美賞授賞式に出席

大脳は雲におおわれいるのだろう花の記憶は揺れてやまざる

表層のもろく剥がされうしろから錆び付いてくる追憶のある

消し去るための過去などあるな君の部屋のグランドピアノ黒鍵ばかり

纖細緻密にはりめぐらされた神経のそのあえかなる苛立ちである

永山則夫に『反・寺山修司論』があった

ブルジョア的歴史観でこの俺を腑分けするなと言いすてしかも

網走に生まれ津軽で育ちしを東京拘置所雪降るな降れ

行商をする母米兵将校の……、違いはあれど母子家庭はや

永畑道子逝きて二年目の春

出会いより死別ばかりの悲しみの極まりしかば亦、膝を折る

楊柳の枝にもたれてさめざめと泣く魂魄(ひと)あらばいたわってやる

「むねの窪みにカナリア遊ばせ……」誇らかに姉を語りし人魂(たま)病みていき

明治大正昭和を生きし女らの命運の星、瞬いていよ

野間宏とアルメニアを旅した

死者なれば自在に夜を飛翔して夢にあらわれまた去ってゆく

湧き上がる雲よましろの追憶よ　逃れ漂いおりしよぼくは

「宗教と文学」のあわい漂いてあえかに喘ぐ花を思いき

「東京、感傷紀行」取材のゆえか

南千住の蒼い巨大なガスタンク夢にあらわれいでし昨夜

祖母の背に負ぶさってゆく疎開地の　雲州平田の月あかるきを

ぼくらみな殺されるとも月光は廃墟の草の露を震わす

死んでいたはずかもしれぬ斐伊川を悲鳴もあげず流れゆくぼく

三年二組久保田政文先生の　黒い鞄よあわれ年ふる

II

エンジェルの空

生まれ故郷下谷へ舞い戻って三十七年、
最初に訪ねて来たのは詩人諏訪優だった。

曝されて風に吹かれているのだろう板戸に刺した画鋲の紙は

藍染川の暗渠近くにも住んでいた

たましいがぐらぐら揺れて泣いている昨夜の夢のやみの岸辺を

藍染の瀬音であろうわが耳朶に花がさまよいおりし夜のこと

間脳の一風景にすぎざれどまた悩ましく揺れている葦

肉体のように崩れる花のためせつなく暗く笑ってやろう

藍染の暗渠となりし一郭に詩人の部屋がありしがむかし

日暮里ジャズ喫茶「シャルマン」にもよく行った

テナーサックス吹いていたっけ泣いていていた煤けてしまった想い出のため

瞼から小脳をへてゆっくりと腹部へいたる悲しみもある

うっすらと煙のようにたちのぼりまた消えてゆくあまい記憶は

パラソルがゆっくり開く　俺たちの砂に残した足跡のため

錆び付いた蝶番（ちょうつがい）ゆえ苛立ってまた跳び起きる朝が来るだろ

諏訪さんは絵を得意とした

春だから洗い流して切ってやる汚れた冬のような髪の毛

みな疾うにいなくなってる死んでいるギンズバーグや白いかたびら

血の気の引いた唇をしぼめて湿っぽい風に吹かれていたのであろう

あたたかく瞼を濡らしスタンドの紐ひいたことあったかぼくは

諏訪さんが描いてくれたプロペラ機わが上空を飛びて幾夜さ

断崖の上、竹藪に囲まれた木造アパートの一室

一冊の本さえ置かぬ六畳の　詩人の部屋のあまい孤独よ

スーザン羽根というバレリーナのことなども風吹く夜や忘れ難かり

やわらかな裸の感性情感を滲ませ紡ぐ「田端事情」は

君の享年六十三を疾うに超え田端まだかとさ迷いにけり

桃色の禿頭ゆえエンジェルの飛び交う空を映してにやり

詩集『谷中草紙』が忘れられない

血の滲む冬の黄昏どきの空また逢いにゆく路地を曲がつて

セーターにジーンズいつも空手の　諏訪さんがゆくはにかんでゆく

耳もとから顎へとなびく白髯はロシア貴族の末裔だろうか

谷中の墓地の空を見上げていたのだよ水木は白い花を今年も

坂と墓の多い町を愛してた諏訪優いずこ　暁（あけ）の梟

冬晴れの朝、臨終の報に接し

ネクタイをして家を出た奔放を生きた詩人に別れ告ぐため

冬晴れの坂をのぼりてゆきしかな日暮里田端墓多き町

上野の山に架かる陸橋その先のたくさんの墓たくさんの人

たくさんの女のわかい喘ぎ声ため息なども埋められてある

あの世でも女見初めているのだろう血を滲ませたようなたそがれ

夜の凩

薔薇色に耀う詩人のはげあたま　諏訪優いずこ路地に風吹く

田端の崖の上に君は住んでいた

竹藪に囲まれ木造アパートの百姓地主の隠れ家に住む

朝日に輝く鉄路の先の断崖の　げに漂泊者の歌はうたわず

炊事場に陽が差すようにゆっくりと御飯をたべているのであろう

与楽寺や幽霊坂や瘋癲院　ラクダの馬となりて帰らず

断崖の上にのぼりてありしかな落日なれば墜ちてゆくのみ

詩人は、散歩を日々の仕事とした

朝っぱらから飲んで歩いて放埒の　大給坂から団子坂まで

濡れた傘のように切なくまといつき八重垣根津千駄木をゆく

感傷に濡れている身のさりながら若葉の下をあおい雨降る

真っ青な刃物のようにひかる魚たそがれに酌む晩酌のため

酒のあぶらをたらふく吸った机を詩を書くために戴いてくる

君は、しんみりと来し方を語った

透き通りひかりのように屈折しコップの中を過ぎた嵐か

母さんに逢いたいばかりに嘘ついた涙に濡れた空のまぶたよ

バクダンであるからごくごく慌てずに水に薄めて飲むのだこれは

女湯の喧嘩の桶の飛ぶ音の　首を沈めて目をとじて聴く

君の享年をとっくに越えてしまった

怪老のスタイルおれもそんなこと気にして歩く夕方となる

若ければ逆立ちをして躓いて笑いころげて別れたものを

ひとりいる俺ににいにいにいにいにいと蟬なきにけり梢さびしく

坂と墓と酒を愛したそしてまた女のこころ時雨ふる室

厳かな顔をして眠っていた

最後の瞬間まで芳江といられることが嬉しいと書き果てにけるかも

「東京風人日記」が最後の本となる一升瓶の中、吹く風あるか

吹き荒ぶ風のこころを伝えやる泡盛きみと別れて四日

蓮の葉に胡瓜をきざみ酒を注ぎ灯をともしけり帰りこよ君

灯も溶けてN子の裸身なごむころ諏訪優いずこ　夜の凩

もうどこにもどこにもゆかぬ崖下はたそがれの襞　闇の鉄路か

Ⅲ

うるわしく一人ひとりの生存のためにたたかって下さい。長澤延子

十七歳の死者

一九三二年二月桐生ニ生マレル。四九年六月一日、服毒……。

巌頭に立ちし一人の死を思うホレーショわたしのみだらな肉よ

大空に雲は行き
私はそれを見る

みつめすぎてしまった罰か鏡割れこの自意識のつらい葛藤

紫の折鶴は
私の指の間から生れた

魂の虐げられていることの出生あわれ風に語るな

ボンヤリと曇った秋を背中にうけて
暗い淋しい心が折鶴をつくる

天上はさむく時雨よ　地上には黒く滴る血の華咲かそ

私ののぞみが
空に浮いているのが見える

浮遊する夢の欠片よわたくしよ花は溢れて落ちてゆくのよ

もたらされるものは
甘いやさしい夢ではない
生きたまま落下する花しぼむ花　わたしが選ぶ蜜あおい花

幼ない指で若さをかぞえて見る
あゝ遠い荒原に足音がきこえ
生きるとはカリ活用の連用と思いおりしは十五歳まで

あの子の体
飲んだゲキヤクで真青だよ
青酸のカリ活用　と笑いしは戯れならず死んでゆくため

反逆と自由は
千切れるように雲を呼ぶ
さようなら耳の黒子のはにかみの　手を振っているセーラー服よ

私は冷たい予告の嵐にさいなまれ
裂傷の血を凍らせる

フランチェスカの鐘は死にゆく者たちに夜の帳の幕はおろそう

ランルの旗

私の幼年時代は
心に虚無が吹き荒れていた。

天に向き祈らないため地に伏して黒く滴る花を咲かそう

さむければまなこ瞑ろう傘さそうポッケに摘んだ花もかくそう

階段をのぼってゆくはうらわかき夕陽のような黒い塊

文体の潔癖ゆえにしばらくは友よ別れを涕いていようよ

死んでゆくものに思想を問う野暮の　花に嵐の譬え話も

血の滲む繃帯ならば柔らかく五月の風にほどいてやろう

骨は折れ皮は千切れて悲しみの雫を溜めた黒い洋傘

あまりにみじめな切り抜き。
私は幼ない青春に抗議を申し込もう

すべからくを否定するためいやちがうノコさんさむく花は移ろう

あゝどうぞその手をひいて外套の袖にかくしてさよならしましょ

わたくしがいない明日も花は降り電車は走っているのであろう

だからどうということもなく市役所の戸籍簿にひかる黒い斜線よ

原口統三を読みしはやはり十七歳の絶望しそうな朝のエチュード

五七五、十七音で述べるならなんともつまらぬ風の夜となる

コミュニズムに焦がれきしゆえ葬送の歌はうたわず耐えろというのか

寄港日誌の黒いページに
裂けた傷口が噴き出る

あれは生まれる前の記憶であったのか渺々として青き極(はたて)よ

それをしも歴史的必然と呼ぶならば相容れられぬ傷口である

形而上学的思考はあれどまた今日も行軍拒否をして歩みゆく

悠久の天より来たり帰りゆく　魂泥棒詩人は殺せ

詩を書くは裸を曝す　戦傷の歴史を秘めたからだ抱いてよ

精神のほまれのために自裁しようひかりまぶしい惑いの午後か

墓の向こうに淋しく散った花びらを拾い集めて帰る友だち

私は破船した
最後の通牒を眠りに沈んだマストにかかげる。

美しき生存なれど通牒は波に揉まれてみえなくなりぬ

沈みゆく眠りの涯にあらわれよマストよついにとどかざる旗

彼岸のむこうに咲く花なければ柔らかな鉛のように鈍く笑おう

三人称で呼んでみたため「わたくし」は行方不明となりて帰らず

ノコさん虹がかかっていますよ微分方程式の空の彼方に

生存のために戦いうるわしく死んでいったと人に告げるな

淋しくてならねば襤褸切（ぼろきれ）かきあつめランルの旗はひとり顫える

私は貧しい衣裳しか持たない。
私は幼ない詩人（?）であった。

セーラー服に包む暗澹　ワンタンを食べしはあかるい正午であった

肉体に灯るあかりのゆらゆらと揺らめきやまぬいのちの明かり

純白のブラウスのむね　二番目の釦ちぎれてみあたらなくに

やわらかくむねから咽へと這いあがる全裸のこころ全裸のわたし

肉体の奴隷とならぬそのために自らを裂くペーパーナイフ

今朝もまた便所の窓にみられたる舞いて落ちゆく花紙かなし

かがまりていることさえも耐えがたき屈辱ならば魂よ死ね

……私の中から一匹の胎児が生れた。
胎児の足音はピストルのように、おとろえ果てた私の胸を打った。

指の間から生まれた胎児、指の間を流れて落ちる赤い一筋

指の間にひろがる闇のやさしくば胎児育ててやるよノコの子

わたくしの胎児は去りて薔薇色の雨に打たれているのであろう

わたくしの内なる胎児かなしめば森に遠いピストルの音

マスクして歩くは風邪のためでない虚無の唇ひらかないため

血の咽に言葉はあふれコミュニズムつらぬきたいと思い初めしは

ランルの旗ちぎれて風に鳴るからに十七歳のエチュード閉じよ

母よ／静かなくろい旗で遺骸を包み
涯ない海原の波うちぎわから流してくれまいか

ノコさんを残して逝った四歳のマストに揺れる母の面影

零さないように器をはこぶなら水は満たしてならぬと思う

なにもない頭蓋の中に生い茂る思惟こそあれな死んでゆく朝

母恋いの打ち寄す波か乳房から腹部にいたるさむき放浪

空漠の丘に真っ赤な一輪を　精神の遍歴わかき六月の死者

革命の歌は唄うな軒下に揺れているのはわたしのからだ

むねあてのホックに灯るかなしみの朝のひかりよわたしを視るな

Ⅳ

哀悼

黒田和美

君と会ったのは一九六二年五月

学生会館二十七号室　窓の外に時計塔はある空まだ青く

こまやかに震えるハープの弦なるか神経のその苛立ちなるか

占領軍最高司令官マッカーサー死亡の報やミロのビーナス

早大学費学館闘争を君は戦った

みるみる瞼に涙は溢れ滴ってゆきにき機動隊導入の朝

顔を攣らせ怒りに震えるその顔の　いまにいたりて若きその顔

飲んだくれて帰る夜更けの窓に咲く花あり　孤立無援の花か

二〇〇一年、処女歌集『六月挽歌』刊行

主役ではなかった時代の創り手の　狂い損ねた日時計の歌

潔く捨て去ることの哀しみの含羞あらわに顫えていよう

気に入らぬ雨に傘などさすものかびしょ濡れをゆくむね張ってゆく

一糸纏わぬ冬の裸木の了見を忘れず生きてゆくよしばらく

誰一人死んではいない追憶の戦列なれば凛々しくぞ咲け

磊落な歌の背後に寄り添ってやりたし肩を抱いてやりたし

二〇〇八年七月死去

早稲田短歌会以来の同志なれどあゝ死顔ただに目に留め置く

黒鍵

敗北が漂っていた泣いていた早稲田の杜にわれら集いき

「月光」の仲間たちと君を送った

ひょっこりひょうたん島を唱って送り出す七月挽歌など人いうな

「淑然院月光妙和大姉」なる法號、君よ受け取ってくれ

涙をながすための回想などするな時間の砦ならば歩まん

歌集『六月挽歌』がこころに沁みてならない

感傷のゆえに時間を迂回してたちのぼりゆく映像はある

六月の揺曳ならば癒え難き傷よと書きし若きわれらは

もう誰も知らないだろう六〇年代戦死者の花雨に濡れおる

熟練が感性に花を咲かせると書きし君への餞として

大和屋笠二に君は熱いエールを送っている

現実と妄想の間の愛しきをダッチワイフの待つ荒野まで

眠たげに股を晒して草むらに捨てられてあるダッチワイフは

どこにいてもひとりであるに複眼のレンズのまなこに曝されておる

消し去るものなどなにひとつないあかるみに晒されていた佇んでいた

若松孝二ももういない

「犯された白衣」を観た夜きみもまた吹き曝された風でありしよ

花のような赤い水着や　漂いて逆巻く浪に呑まれてゆきぬ

あたしの男あたしの渚あの夏の　石川セリの歌声聴こゆ

鮮やかな譬喩はも渚、若き群れ「夕陽が血潮を流しているの」

みな去ってゆくがよかろう「八月の濡れた砂」だが君まだ若く

君は、北朝鮮を祖国にもつ男を歌った

縊られて事実証さず果てにけり衆議院議員新井将敬

爆弾発言封じられた口惜しみの平壌（ピョンヤン）祖国を捨てし男よ

忠誠を誓いながらに裏切られ底をながれてゆく黒い川

日本の底流ふかく抉りつつ流れてゆきし川と思うぞ

一条さゆりを君は歌った

一条さゆり樺美智子や同い年、盧溝橋事件の年に生まれき

西成の愛隣地区のアパートに悲しみふかく「聖女」は住まう

男たちの吹き溜まりはも慈しみふかく咲く花　一条さゆり

遠い夜のあなたの家の団欒の　グランドピアノ黒鍵ばかり

ガツン詩歌を叩き続けよ冥界で会うとき俺に寄り添ってくれ

跋

二十九番目の歌集を「哀悼」と名付けた。

二〇一二年一月から一四年一月まで毎週土曜「東京／中日新聞」に連載した「追憶の風景」は、わが半生に出会い死別した人々への想いを新たにしてくれた。本歌集収録の長澤延子に献じた「Ⅲ」章を除くすべての作品は、連載完了以後、二〇一五年一月まで一年間の作である。

1

詩人中原中也は、その生の根源的悲しみを、若き詩友高森文夫に「オレンジ色の夢」という言葉をもって語った。二〇一五年一月、テレビに映し出された、砂漠の風に震える囚衣に、その言葉を思った。オレンジ色は、国民を見殺しにして慙じない日本国政府、そして無力な日本人である私に、かくまでも重たい色であったのか。果敢に生きたフリージャーナリストのその表情を、私は責務のように生涯思い続けることであろう。

そう、記憶し続けること。この春、晶文社から一本となった『追憶の風景』跋文に私は、せめてもの想いをこう誌した。「記憶を風化させてはならない。ヒロシマ、ナガサキの記憶の忌避が悲惨な原発事故を生起させた。死者は死んではいない！　戦後七〇年、一〇八人の死者への追憶が、時代の記憶を烈しく炙り出し、現在の生を鋭くさせる」。

2

芸術新聞社ウェブサイト連載中の「東京、感傷紀行」取材のためカメラを肩に谷中から田端を歩いた。ＪＲ日暮里駅を降り御殿坂にさしかかった時、諏訪優の詩が口を突いた。「藍染川が流れていた／谷中村や根津村は／もう無いけれど／たくさんの寺／たくさんの墓……」。関東大震災、空襲から焼け残った坂の多い町を詩人は愛した。ロシアの貴族の末裔を思わせるような、色白で端正な風貌。桃色に禿げあがった頭の耳もとから顎へ、美しい白い鬚髯（ひげ）を光らせながら詩人は、ジーンズ、スニーカーで路地を歩いた。

「血をにじませた冬のたそがれ／たくさんの／女たちを想いながら／ひとりの女に逢いに／坂を登る／逢初坂／ああ　ハラハラと／今年も／木枯しに木の葉が散る」。日暮里界隈を歌った詩集『谷中草紙』（国文社）には、詩人のやわらかな裸の情感が震えるように息づいている。一九六〇年代、ビート・ジェネレーションの詩人ギンズバーグをいち早く翻訳し、朗読を開始したのはこの人だった。連れだって下谷、根岸を歩いた。私の絶叫コンサートにもよく足を運んでくれた。竹林に囲まれた田端のアパートの一室は清楚そのものであった。

亡くなる少し前、私が編集発行する「季刊　月光」９号に作品を寄せてくれた。「ああ　愚かなり田端人／わが心偽り／世をスネ／愛の錯覚の中で六十余年／谷中のカラスたちよ／この愚かな狂人を笑って鳴くがよい」（「田端人　自笑（二）」）。いや諏訪さんは少しも世を拗ねてなどいなかった。詩壇や世間の権威だとか地位などには見向きもしようとしなかった。一九九二年十二月、死去。朝日射しこむ御茶ノ水の病室、厳粛な顔が忘れられない。私は、詩人の霊前で、アメリカに渡った若き諏訪優が、ジャック・ケラワックを悼んだ詩の一節を朗読した。

「あなたはすでに天使ゆえに　苦く胃にしみるこのアルコールを飲むことはもうないのだ」（「アメリカ」）

3

長澤延子は、一九三二（昭和七）年、機業の街、桐生に生まれた。幼くして母を亡くし、伯父の家に養女に出され、その頃（十二歳）から詩を書き始める。一高生原口統三が書き遺した『二十歳のエチュード』に出会い、死の論理を先鋭化してゆく。やがて原口と訣別。青年共産同盟に加盟、活動家として生きる道を模索する。「星屑が音立てて／私の肩に降りかかる夜／私は冷たい予告の嵐にさいなまれ／裂傷の血を凍らせる」。

「星屑」はこの頃（十六歳）の作。だが、死への欲求たちがたく一九四九（昭和二十四）年三月服毒、失敗。以後、大学ノート三冊に詩を清書、友人に託す。更に大学ノート一冊に手記（ⅠⅡⅢ）を書く。

六月一日、再び服毒。十七歳であった。十七回忌にあたる一九六五年に私家版詩集『海』上梓が機縁となり、延子の詩が若者たちに迎えられる時が来る。遺稿集『友よ私が死んだからとて』（六八年・天声出版）は、瞬く間に版を重ねた。「私は一本のわかい葦だ／傷つくかわりに闘いを知ったのだ／打ちのめされるかわりに　打ちのめすことを知ったのだ」。彼女の詩がバリケードで戦う学生たちの言葉とその心情を代弁したのである。

時は下って八年前の二〇〇八年、日大芸術学部が発行する季刊文芸誌「江古田文学」（68号）が、長澤延子を特集。編集長の中村文昭氏から、「エピローグ」に寄せる短歌を依頼された。「ランルの旗」五十首を一気に書き上げた私は、桐生へ直行した。墓参のためである。

ほどなく入手困難と思われた詩集『海』を入手、同時に延子が書き遺した五冊の大学ノートのコピーが送られてきたのである。送り主は、萩原朔太郎を生んだ故郷前橋在住の詩人久保木宗一。その不思議の経緯は、評論集『悲しみのエナジー』（三一書房）に綴った。なにものかに動かされているとしか思えなかった。

永畑雅人に「ランルの旗」の作曲を依頼、毎回ステージに長澤延子が登場することとなる。私の延子行脚が始まった。この五冊のノートを完全収録した『長澤延子全集』刊行への悲願の旅立ちであった。

毎月十日、吉祥寺「曼荼羅」での月例絶叫コンサート会場に吉報がもたらされた。皓星社が刊行を決定したのである。社長、担当編集者に深々と頭を下げ、酒杯に涙を注いだことでありました。

長澤延子へ献じた「ランルの旗」は、いつか一本にと秘蔵していたのだが全集刊行決定を機に、本歌集『哀悼』に収めることとした。

4

夜中に電話が鳴り、高速を突っ走った。ベッドに君が居た。外に出ると上空には皓々と月が照りわたっていた。少し泣いた。

黒田和美と出会ったのは、六〇年安保闘争の翌々年、早稲田短歌会の部室であった。戦後十七年目の空は、青く湿っていた。「焦がれいるものは視野より去り易し仰向きてなお昏き冬空」。学生歌人の君は、悲しみをもって六〇年代短歌にたしかな一歩を標した。卒業後、影絵劇団に入団。NHKテレビ「ひょっこりひょうたん島」など活躍の場を拡げてゆく。ほどなく結婚。一女を得るが、離婚。私の呼びかけに応え「月光」旗揚げに参画、影になり私を支え続ける。

処女歌集『六月挽歌』(洋々社)が刊行されたのは、九〇年代の幕が下りてからであった。「失ひし標的いまだ世の淵に据ゑ置かれたるレンズのまなこ」。撮るべき標的を失ってなおレンズのみが人間の眼のように、そのものの残像を凝視し続けている。黒田和美は、性(根源的暴力)の復権をかかげ若松孝二が蜂起し、足立正生、大和屋竺らが結集し、若者たちが世界の変革を夢見たあの時代に、一気にラッシュ・バックしてみせたのである。

「晒す身はもはやなければ白妙のたましひ纏え一条さゆり」。そして男たちの吹き溜まりで、慈しみに満ちた一生を閉じた女に比類ない挽歌を捧げた。一条さゆりもまた、その精神において樺美智子、美空ひばりと生年を同じくする六月の死者である。

「二・一九新井将敬縊れたる夜を渡りJapanese Deep River」。君は、戦い敗れた者、時代の主役ではない、サブカルチャーの創り手たちに、熱い挽歌の雨を降らせたのである。中に可憐な歌がある。「わが裸身白くちひさく畳まれて君のてのひら深く眠らむ」。

君を慕う月光の会の仲間たちは、「♪だけどぼくらは挫けない　泣くのはいやだ　笑っちゃおう」の「ひょっこりひょうたん島」を歌って君の柩を送り出した。あれから八年目の夏も過ぎて思う。黒田和美とは、四十六年に及ぶ長い付き合いであったが、この間二人っきりで話をした記憶はない。あるといえば、ただ一度、病室に見舞った時……。だが君は、安堵の表情をみせすぐに眠りについてしまった。とまれ、歌集『哀悼』一巻を、早大短歌会入部以来の歌友黒田和美に捧げることとしよう。

あまやかな回想のなかに君はいまも微笑んでいよ佇んでいよ

5

「追憶の風景」連載が、私の身内の死者たちを熱く呼び寄せてくれた。人は、悲しみのはた追憶の器である。西井一夫、立松和平、清水昶、石和鷹、小笠原賢二、渡辺英綱、三嶋典東、バトルホーク風間などあまたの悪友たちが、今宵も私の杯盞につややかな酒をなみなみと注いでくれることだろう。

二十九冊目の歌集『哀悼』を閉じるにあたり、『長澤延子全集』刊行の悲願を稔らせ、また本集を快く引き受けて下さった皓星社社長藤巻修一氏に深甚の謝意を表します。氏とはこれまで清水昶を偲んで、幾度となく盃を交わしてきた。終りに、編集部の若き才媛晴山生菜氏に衷心より御礼申し上げる。

二〇一六年九月一日　下谷無聊庵にて

福島泰樹

初出一覧

Ⅰ

オレンジ色の夢　「短歌」二〇一四年一月号、三月号
追憶　「歌誌 月光」三十四号　二〇一四年三月

Ⅱ

エンジェルの空　「短歌」二〇一四年五月号
夜の凩　「歌誌 月光」三十五号　二〇一四年五月

Ⅲ

十七歳の死者　「短歌」二〇〇九年一月号
ランルの旗　「江古田文学」二十八巻第一号　二〇〇八年八月号

Ⅳ

哀悼　「現代短歌」二〇一四年四月
黒鍵　「歌誌 月光」三十三号　二〇一四年一月

福島泰樹　歌集一覧

歌集

書名	刊行年月	出版社
『バリケード・一九六六年二月』	一九六九年十月	新星書房
『エチカ・一九六九年以降』	一九七二年十月	構造社
『晩秋挽歌』	一九七四年十一月	茱萸叢書　草風社
『転調哀傷歌』	一九七六年四月	国文社
『風に献ず』	一九七六年七月	国文社
『退嬰的恋歌に寄せて』	一九七八年三月	沖積社
『夕暮』	一九八一年九月	砂子屋書房
『中也断唱』	一九八三年十二月	思潮社
『望郷』	一九八四年六月	思潮社
『月光』	一九八四年十一月	雁書館
『妖精伝』	一九八六年七月	砂子屋書房
『続　中也断唱〔坊や〕』	一九八六年十月	思潮社
『柘榴盃の歌』	一九八八年十一月	思潮社
『蒼天　美空ひばり』	一九八九年十月	デンバー・プランニング
『無頼の墓』	一九八九年十一月	筑摩書房
『さらばわが友』	一九九〇年十二月	思潮社
『愛しき山河よ』	一九九四年三月	山と渓谷社
『黒時雨の歌』	一九九五年二月	洋々社
『賢治幻想』	一九九六年十一月	洋々社
『茫漠山日誌』	一九九九年六月	洋々社
『朔太郎、感傷』	二〇〇〇年六月	河出書房新社

『デカダン村山槐多』　二〇〇二年十一月　鳥影社
『月光忘語録』　二〇〇四年十二月　砂子屋書房
『青天』　二〇〇五年十一月　思潮社
『無聊庵日誌』　二〇〇八年十一月　角川書店
『血と雨の歌』　二〇一一年十二月　思潮社
『焼跡ノ歌』　二〇一三年十一月　砂子屋書房
『空襲ノ歌』　二〇一五年十二月　砂子屋書房
『哀悼』　二〇一六年十月　皓星社

全歌集

『遥かなる朋へ』　一九七九年五月　沖積社
『福島泰樹全歌集』　一九九九年六月　河出書房新社

選歌集

現代歌人文庫『福島泰樹歌集』　一九八〇年六月　国文社
現代歌人文庫『続　福島泰樹歌集』　二〇〇〇年十月　国文社

定本・完本歌集

『定本　バリケード・一九六六年二月』　一九七八年十一月　草風社
『定本　中也断唱』　二〇一〇年二月　思潮社

アンソロジー

『絶叫、福島泰樹總集篇』　一九九一年二月　阿部出版

福島泰樹

1943年3月、東京市下谷區に最後の東京市民として生まれる。早稲田大学文学部卒。1969年秋、歌集『バリケード・一九六六年二月』でデビュー、「短歌絶叫コンサート」を創出、朗読ブームの火付け役を果たす。以後、世界の各地で朗読。全国1500ステージをこなす。単行歌集29冊の他、『福島泰樹歌集』（国文社）、『福島泰樹全歌集』（河出書房新社）、『定本　中也断唱』（思潮社）、評論集『追憶の風景』（晶文社）、ＤＶＤ『福島泰樹短歌絶叫コンサート総集編／遙かなる友へ』（クエスト）、CD『短歌絶叫　遙かなる朋へ』（人間社）など著作多数。毎月10日、東京吉祥寺「曼荼羅」での月例短歌絶叫コンサートも31年目を迎えた。

哀悼

2016年10月30日　初版発行
定価2,000円＋税

著　者　福島泰樹
発行所　株式会社 **皓星社**
発行者　藤巻修一
編　集　晴山生菜
〒101-0051　東京都千代田区神田神保町3-10
宝栄ビル6階
電話：03-6272-9330　FAX：03-6272-9921
URL http://www.libro-koseisha.co.jp/
E-mail：info@libro-koseisha.co.jp
郵便振替　00130-6-24639

印刷・製本　精文堂印刷株式会社

ISBN978-4-7744-0621-3 C0092